CHARLES FUSTER

L'AME PENSIVE

POÉSIES

(*Deuxième Edition*)

OUVRAGE COURONNÉ

PAR L'ACADÉMIE DES MUSES SANTONES

ROYAN	PARIS
AUX MUSES SANTONES	AUG. GHIO, ÉDITEUR
BOULEVARD THIERS	PALAIS-ROYAL

1884

L'AME PENSIVE

POÉSIES

Il a été tiré de ce livre

CINQ EXEMPLAIRES SUR PAPIER DE CHINE

Numérotés et paraphés par l'Editeur.

ROYAN. — IMPRIMERIE VICTOR BILLAUD

L'AME PENSIVE

POÉSIES

(Deuxième Edition)

OUVRAGE COURONNÉ

PAR L'ACADÉMIE DES MUSES SANTONES

ROYAN	PARIS
AUX MUSES SANTONES	AUG. GHIO, ÉDITEUR
BOULEVARD THIERS	PALAIS-ROYAL

1884

A MON PÈRE, A MA MÈRE

C. F.

PRÉLUDE

PRÉLUDE

A vous, les cœurs froissés, à vous, les cœurs trahis,
Que le sort implacable a traînés sur sa claie,
Martyrs de tous les temps et de tous les pays
Qui portez au sein gauche une éternelle plaie ;

A vous, les malheureux, les impuissants, les fous,
Que Tartuffe honnit, que Basile dédaigne,
A vous qui restez grands quand tout s'abaisse, à vous
Dont on perce les flancs, à vous dont le front saigne

A vous qui combattez pour le bien, pour le beau,
A vous, fils de Socrate ou fils de Démosthènes,
A vous qui savez vivre, et qui jusqu'au tombeau
Gardez le culte saint des tendresses hautaines ;

A vous ce livre altier, fait de pleurs et de cris,
Où j'ai tout mis, mon sang, mon cœur, ma chair vivante.
A vous mes dieux tués et mes espoirs flétris,
Mes hurlements d'amour, mes frissons d'épouvante !

Puissiez-vous, ô lutteurs si mâles et si doux,
Sentir vibrer en moi l'écho de vos pensées,
Vous dire : « C'est un frère, exilé comme nous »,
Et me tendre la main, grandes âmes blessées !

MELANCHOLIA

Pour l'homme et pour le fer le repos est souillure.

(*Joséphin Soulary*).

MÉLANCHOLIA

Au maître Sully Prudhomme

Ah ! qui nous la rendra, la douce foi d'antan,
Cette vierge aux yeux bleus, qui passait en chantant
    Sous les cloîtres des monastères,
Cette naïve enfant qu'on aimait autrefois,
Et dont la voix rêveuse, humble et grande à la fois,
    Parlait au cœur des solitaires ?

Ah ! qui nous la rendra, cette foi du petit,
Qui nous avait bercés, hélas ! et qui partit
Avec notre première orgie,
Mais qui nous a laissé, depuis ce jour lointain,
Comme un parfum suave, un regret incertain,
Une éternelle nostalgie ?

Ah ! qui nous le rendra, le doux et bon Sauveur
Dont le nom, dont la voix font tout enfant rêveur,
Dont l'histoire étonne, mais charme ?
Qui donc nous redira ce drame merveilleux,
La Crèche, le Calvaire, — et qui donc dans nos yeux
Nous fera trouver une larme ?

Personne. La foi sainte est déjà loin de nous.
Lever les yeux au ciel ou fléchir les genoux,
Tout cela nous est impossible.
Criminels douloureux, nous courbons nos fronts las,
Et nous voyons, là-haut, trop haut pour nous, hélas !
Saigner la croix inaccessible.

***

Et pourtant, le voici, le rêve de nos cœurs :
— Vivre loin des méchants, vivre loin des moqueurs,
Des sceptiques et des athées,
Au fond d'un vallon frais où boivent les troupeaux,
Dans le calme éternel, dans l'éternel repos
Qui plaît aux âmes attristées ;

Se dire, quand tout meurt : « Jésus est près de moi »,
Prier Dieu simplement, sans frisson, sans émoi,
Comme un enfant parle à son père ;
Attendre avec amour le baiser de la mort,
Et ne connaître rien, ni le doute qui mord,
Ni le vide qui désespère ;

Prendre ce ciel muet pour son pays natal ;
Garder fidèlement, jusqu'au hoquet fatal,
Tous les cultes que nous brisâmes ;
Ignorer, cœurs naïfs, la fange où nous tombons,
Être calmes et purs, être innocents et bons, —
Voilà le rêve de nos âmes !

Ah ! ce serait divin ! Loin des hommes méchants,
Nous aurions quelque part, dans le calme des champs,
Une humble maison blanche et grise,
Où, sous les vieux arceaux du cloître familier,
Pleins d'amour et de foi, nous pourrions oublier
La vie ardente qui nous grise.

Et là, — comme, au matin, les oiseaux éveillés
Dans l'exquise fraîcheur des cieux ensoleillés
Jettent leur note printanière,
Comme, à l'heure pensive où la nuit va venir,
Où tout vous dit d'aimer, de croire et de bénir,
Ils chantent leur hymne dernière, —

Là, sous l'ombre lugubre et froide des murs gris,
On nous verrait errer, fantômes amaigris
Par les tortures extatiques,
Mais, du soir au matin, mais, le jour et la nuit,
Plus forts que la douleur et plus grands que l'ennui
Nous murmurerions nos cantiques !

Et ce serait là vivre ! et la mystique paix

Qu'on boit à pleins poumons dans les taillis épais,

Et le calme exquis des vallées,

Et le repos aimant qui plaît aux cœurs blessés,

Rafraîchiraient toujours nos fronts toujours baissés,

Nos prunelles toujours voilées !

Et quand sonnerait l'heure où l'ange aimé de Dieu

Vient vous toucher du doigt, presse le grand adieu,

Puis vous emporte sur son aile,

Nous pourrions, cœurs naïfs, partir joyeusement,

Et goûterions peut-être, aux pieds d'un Dieu clément,

La béatitude éternelle.

*
* *

Mais non ! ce songe heureux est impie ! O rêveur,

Il est doux, je le sais, d'adorer son Sauveur

Dans le silence et la prière,

Il est beau, noble et grand de s'oublier toujours,

Et de passer ainsi ses nuits comme ses jours

Devant un crucifix de pierre ;

Il est grand de nous fuir, nous, les hommes railleurs,
Il est grand d'ignorer nos rires et nos pleurs,
        Nos hontes et notre épouvante ;
Oui, mais il est plus grand de nous tendre la main,
De souffrir, de mourir avec le genre humain,
        Tout en gardant sa foi vivante !

Frère, prier est bien, mais travailler est mieux !
Mieux vaut l'âpre bataille, où, regardant les cieux,
        Chacun saigne, frappe et résiste,
Mieux vaut la lutte sainte où l'on meurt dans la nuit,
Que le calme éternel, que l'éternel ennui
        Du cloître éternellement triste !

Quoi ! fléchir les genoux, lever les yeux là-haut,
C'était là tout ton rêve ! O poète, mieux vaut,
        Sans extases de fou mystique,
Mieux vaut ceindre d'airain ton vieux cœur abattu,
Vivre pour l'idéal, vivre pour la vertu,
        Et mourir comme un sage antique.

Il est tant de douleurs que tu peux soulager !
Homme, que rien d'humain ne te soit étranger :
    N'es-tu pas fait de boue immonde ?
Lève ces yeux baissés, — et si tu veux savoir
Quel doit être ici-bas ton rêve et ton devoir,
    Regarde notre pauvre monde !

Regarde ! que vois-tu ? la fange et le remord ;
Le ciel ? vide, — la foi ? morte, — l'idéal ? mort, —
    Le blasphème ou l'indifférence,
La misère qui pleure et ne peut plus prier,
Des malheureux sans pain, des enfants sans foyer
    Et des vieillards sans espérance.

C'est là ce que tu vois, — et tu pourrais partir !
Et tu le laisserais, ce grand peuple martyr,
    Traîner son doute au cimetière !
Non ! le repos impie avilirait ton bras :
Tu veux vivre pour toi, poète, — tu vivras
    Pour cette foule tout entière !

Puisque Dieu te l'a dit, va-t'en dans ces cités
Où la race en haillons des noirs déshérités
    Étale ses hideuses fièvres ;
Aime, souffre et bénis ! si tu veux être saint,
Que la compassion déborde de ton sein,
    Que l'amour coule de tes lèvres !

Dis à ces malheureux qui renversent la croix,
Dis-leur ce que tu sens, dis-leur ce que tu crois,
    Ce qu'est ton Dieu, ce que nous sommes.
Combats pour la vertu, pour le vrai, pour le bien.
O poète, sois grand, sois juste, sois chrétien, —
    Sois homme avant tout, fils des hommes !

Tu rêves aujourd'hui : tu tomberas demain.
Mêler son cri d'horreur au cri du genre humain,
    Telle est notre règle sévère.
Le peu de bien qu'on fait coûte beaucoup de sang,
Et jadis, ô rêveur, Jésus, le grand passant,
    Jésus mourut sur son Calvaire.

HISTOIRE

Viens ! il passe au forum un immense zéphyre,
Et l'héroïsme épars dans l'air qu'on y respire
Secoue utilement les moroses langueurs.

(Sully Prudhomme).

ZEUS

A Leconte de Lisle

Tous les dieux étaient morts : il n'en restait qu'un seul.

C'était le maître auguste et terrible, l'aïeul
Au large front neigeux, à la tête puissante,
Celui qui rayonnait dans l'aube éblouissante,
Mugissait dans la foudre et hurlait dans l'éclair ;
C'était le vieillard sombre, à l'œil farouche et clair,

Dont un geste apaisait la terre ensanglantée ;
C'était le dieu cruel, vainqueur de Prométhée,
Celui qui bâillonnait la Force et les Hasards,
Zeus, tyran des tyrans, et César des Césars.

Tous les dieux étaient morts, Mars, Apollon, Cybèle ;
Tous, sous les coups maudits d'une race rebelle,
Sous les blocs de rochers, sous les épieux sanglants,
Tous étaient morts. Le fer avait meurtri leurs flancs ;
De leurs râles derniers les forêts étaient pleines ;
On avait promené leurs têtes par les plaines,
Avec des rires froids et des cris insultants.
Ils étaient morts. La terre acclamait les Titans.
Les hommes, vils troupeaux, faits d'argile et de boue,
Voyant mourir leurs dieux, les frappaient à la joue,
Puis repoussaient du pied ces cadavres maudits.
Tous les dieux étaient morts, sombres et fiers.

                        Oh ! dis,
Quand tu les vis tomber sur ta glèbe puissante,

O Terre de Cérès, robuste et frémissante,

Terre des monts brumeux et des fauves déserts,

Quand leur cri déchirant palpita dans les airs,

Quand tu les vis souffrir et mourir, ô vieux monde,

N'as-tu pas tressailli d'une pitié profonde?

N'as-tu pas entr'ouvert tes cratères hideux

Pour y garder, du moins, tout ce qui restait d'eux,

Et cacher dans la nuit, loin des rouges tempêtes,

Tes dieux, lambeaux sanglants déchirés par les bêtes?

Non ! quand tu les as vus, dans ces mornes charniers,

Jeter leur dernier râle et leurs sanglots derniers,

Toi qu'on dit douce et bonne, aimante et maternelle,

Tu n'as pas frissonné d'une horreur éternelle,

Et, si l'immense azur restait silencieux,

Ta voix n'a pas rugi dans le désert des cieux !

Toujours impitoyable et toujours ironique,

Tu les as accablés de ton calme cynique,

Tu n'as point recueilli ces lambeaux déchirés,

Et, quand les noirs titans tuaient tes dieux sacrés,

Tu n'as eu pour tes dieux ni sépulcre ni tombe !

Jupiter restait seul, dans l'atroce hécatombe.

Il traîna bien longtemps, sous les bois chevelus,
Au pied des sommets lourds qui ne le craignaient plus,
Sur les rochers muets, sur le morne rivage,
Il traîna bien longtemps son désespoir sauvage.
On le voyait errer, vieillard silencieux,
Avec les pieds sanglants et nus. Jamais les cieux,
Les roches de granit ni les déserts de sable,
Pour soulager du moins ce deuil inguérissable,
Ne frémirent d'effroi devant le grand proscrit.

Un soir, il vit sa honte, et dit : « C'était écrit. »

Alors, grave, tandis que les plèbes cyniques
Poursuivaient sa douleur de rires sardoniques,
Tandis que les humains se mêlaient aux titans
Pour lui cracher au front leurs mépris insultants,
Grave, il prit son bâton dans sa main défaillante,
Redressa lentement sa poitrine vaillante,

Leva les yeux au ciel lugubre, — et s'en alla.

Or, les grands monts chenus blanchissaient près de là.
On voyait s'étager, sous la brume des ombres,
Leurs murailles de roche et leurs abîmes sombres.
Les torrents écumeux y mugissaient ; leurs flots
Roulaient sous le ciel morne avec de longs sanglots.
Quelques troncs décharnés se tordaient sur le vide ;
Et la montagne, affreuse en sa pâleur livide,
Etalait lourdement, sous le ciel orageux,
Ses abîmes béants et ses rochers neigeux.

Zeus, triste, s'en alla vers la montagne noire.

Le grand soleil mourant l'empourprait de sa gloire,
Avant que de tomber dans l'oubli du sommeil.
Le vieillard, lentement, regarda le soleil,
Les champs mystérieux, que la nuit solennelle
Glaçait de ses baisers et couvrait de son aile,
Les immenses cités dont palpitait le bruit,

Le silence des monts, le calme de la nuit,

Les lourds infinis bleus et les sommets sublimes,

Puis, muet, il reprit sa marche vers les cimes.

Il s'arrêta bientôt, brisé, sanglant, vaincu.

Lors, il leva la tête et cria : « J'ai vécu.

Je suis las. J'ai créé les titans et la terre :

Les titans m'ont proscrit ; je m'en vais solitaire

Sans qu'un peu de pitié vienne adoucir mon cœur.

La Nature est muette et le ciel est moqueur.

Les hommes, que j'ai faits de néant et de boue,

Voyant couler mon sang, me frappent à la joue !

Je suis las. J'ai connu le triomphe serein,

Les rayonnements d'or sous les temples d'airain,

J'ai vu, dieu noble et fier, les plèbes abattues

Prosterner leur bassesse au pied de mes statues ;

Tyran des noirs tyrans, dieu des dieux immortels,

J'ai vu la foule ardente embrasser mes autels,

J'ai vu les rois, jetant leur pourpre misérable,

Me prier à genoux d'être un dieu secourable.
Je suis las. J'ai connu les sanglots frémissants,
Les bûchers inhumains, le parfum de l'encens,
Les taureaux qu'on immole, et les cadavres roides
Dont les flots de sang noir brûlent les dalles froides !
A présent, je suis seul. Sous le grand ciel fermé,
Je vois mes enfants morts et mon nom blasphémé.
Sous les rochers neigeux, dans les déserts de sable,
Je traîne tristement mon deuil inguérissable.
Que le soleil ruisselle ou que pleure la nuit,
Moi, je marche toujours, plein d'orgueil et d'ennui.
C'est assez. Je m'en vais dans la paix éternelle.
La terre est large, sombre et froide. C'est en elle
Que je retrouverai, sous un sommet géant,
Le silence de l'ombre et la nuit du néant.
Je m'en vais. Mais je veux, avant que de descendre
Dans le sépulcre morne où pourrira ma cendre,
Avant que de quitter ce monde délirant,
Moi, le dieu paria, moi, l'immortel mourant,
Oui, je veux t'accabler de mes cris inutiles,

Race humaine, perverse et lâche, qui mutiles
Tes maîtres enchaînés, tes sauveurs et tes dieux,
Puis viens cyniquement leur crever les deux yeux !

« Oui, tu triompheras, dans ta force brutale !
La souffrance implacable et la douleur fatale
Te laisseront vivante, ô race des humains !
Tu videras le ciel désespéré. Tes mains
Se souilleront du sang des victimes futures ;
Oui ! les dieux créateurs craindront leurs créatures !
Hommes, vous règnerez sous le désert des cieux.
Vous chasserez la foi tremblante. Audacieux,
Vous sonderez l'azur, que vous trouverez vide.
Tout vous appartiendra, race toujours avide !
Vous serez grands. Vos fils seront plus grands encor.
Les mers vous livreront leurs secrets. Les blés d'or
Palpiteront pour vous au soleil qui ruisselle.
Le feu vous appartient : la sublime étincelle
Fera de vous des dieux, ô rudes travailleurs ;

Vous serez grands et forts, dédaigneux et railleurs !
Mais un jour, —jour d'effroi,— vous verrez le ciel morne.
Un frisson passera sur les plaines sans borne.
Tremblants, vous songerez aux dieux anéantis,
Et vous vous sentirez bien fous et bien petits.
Vous lèverez vos mains vers l'infini de pierre ;
Mais nul n'écoutera votre ardente prière ;
Vous jetterez en vain le sanglot du remords, —
Les dieux n'entendront plus, car les dieux seront morts ! »

Il dit. L'éclair hurlait dans la nuit orageuse.
Triste, tenant ses mains sur sa tête neigeuse,
Sous le ciel déchaîné, près d'un rocher noirci,
Devant la plaine immense et lugubre, il s'assit.
Alors, tandis qu'en bas, sous la brume des villes,
Roulaient les titans noirs et les plèbes serviles,
Seul, perdant ses regards dans l'infini béant,
Le dieu, morne et hautain, rentra dans son néant.

STOÏCISME

A Joséphin Soulary

Lorsque Rome, oubliant qu'elle était née altière,
Au plus offrant, hélas ! se livrait tout entière,
En ce siècle de honte où nul rayon n'a lui,
Brutus, las du dégoût dont son âme était pleine,
Se perça froidement d'un poignard, dans la plaine
Où le vieux nom romain succombait avec lui.

Quand plus tard, criminel à l'ironie amère,

Néron divinisait le meurtre de sa mère

Devant la plèbe vile et le sénat flatteur,

Thraseas se leva, quitta le Prytanée,

Puis, lorsqu'il eut reçu la coupe empoisonnée,

Il but en souriant à Zeus Libérateur.

Frères, quand l'homme juste, âme d'un peuple lâche,

A longtemps flagellé, sans trêve ni relâche,

Les tyrans assassins, les dictateurs maudits,

Si ses mâles accents ne réveillent personne,

Qu'il quitte, dédaigneux, le Sénat qui frissonne,

Et meure noblement comme on mourait jadis !

Oui, s'il voit, ô douleur ! oui, s'il voit, ô misère !

La honte inévitable ou la mort nécessaire,

La liberté vendue et ses enfants tués,

Il ne lui reste plus, sans cris ni larmes vaines,

Qu'à se percer le cœur ou qu'à s'ouvrir les veines

Pour l'honneur avili des dieux prostitués.

DÉCADENCE DE ROME

A Albert Delpit

Rome est grande.

      Néron, dieu des plèbes serviles,
Promène fièrement, par les bourgs et les villes,
Par les froids agoras, où pour jamais s'est tu
Le long cri déchirant de la sainte vertu,
Par les forums déserts et mornes, il promène
La honte impériale et la fange romaine.
Les histrions sont rois, les criminels sont dieux.

La luxure effrénée et le vice odieux

Font des grandes cités d'immenses cimetières.

Les vieillards, cœurs altiers et poitrines altières,

Comme des dieux d'airain sur leurs froids piédestaux,

Regardent un César chanter sur des tréteaux.

La gangrène est partout : impudique, elle étale

Dans le forum romain la honte orientale,

Les basses voluptés, les plaisirs énervants, —

Et ces vivants, hélas ! ne sont plus des vivants !

Au lieu des cris d'orgueil, au lieu des bruits de guerre,

Au lieu des nobles voix qu'on entendait naguère,

Au lieu du grand Brutus, au lieu du grand Caton,

Au lieu des citoyens sublimes, que voit-on ?

Des courtisans vendus, des voix prostituées,

César qui mime et chante au milieu des huées,

Un peuple qui s'abaisse et se gorge, un sénat

Qui divinise tout, jusqu'à l'assassinat,

Des citoyens tremblants, des esclaves serviles,

De vils adulateurs courbant leurs têtes viles,

La richesse au dehors, mais la lèpre au dedans,

Les vices effrénés, les crimes impudents,
Le peuple abâtardi baisant les pieds d'un homme,
Un ramassis de boue immonde, — et c'est là Rome !

Cependant, étant riche, elle est grande. Elle atteint,
Dans son abaissement si plat et si hautain,
L'altière majesté des tristes Babylones.
Ses temples de basalte étalent leurs colonnes
Sous le ciel toujours bleu des noirs plateaux sabins ;
Ses aqueducs géants, ses portiques, ses bains,
Son forum populeux, plein de vagues humaines,
Chantent bien haut la gloire et la grandeur romaines.
Les trésors entassés, sous ses murs trop étroits,
Ruissellent ; dédaigneuse, elle fait des grands rois
De petits gouverneurs des provinces lointaines ;
Plus altière que Sparte et plus riche qu'Athènes,
Elle étale, aux regards du peuple souverain,
Des temples de porphyre avec des dieux d'airain.
Mais vous l'avez quittée, ô dieux des grandes heures !
Vous vous êtes enfuis de vos froides demeures

Lorsqu'on divinisa les monstres assassins ;

Vous êtes remontés dans l'Olympe, ô dieux saints !

Quand vous avez pu voir, dans la Ville Eternelle,

Tous les vices mesquins qu'elle cachait en elle,

La luxure honteuse et le crime tremblant ;

Quand, tristes et pensifs, devant le ciel sanglant,

Vous avez entendu, grands marbres solitaires,

Le râle douloureux des parias austères,

Alors l'âpre mépris s'est emparé de vous,

Et, laissant à vos pieds ces bourreaux et ces fous,

Ces lâches histrions et ces plèbes vendues,

Vous êtes remontés dans les cimes perdues !

TE DEUM

A Georges Dalmeyda

La Guerre a tout fauché. Les mains rouges de sang,
Elle hurle, au milieu des plaines enflammées.
Gloire à toi, Dieu béni ! Gloire à toi, Dieu puissant !
    Nous te louons, Dieu des armées !

Tous les hommes sont morts, morts pour leur vieux pays,
Morts pour le droit sacré de la patrie altière.
Ils dorment, étendus dans les champs de maïs,
    Immense et hideux cimetière.

Tous les enfants sont morts. Ils reposent, couchés
Sous les baisers blafards de la lune tremblante ;
Les chênes abattus et les épis fauchés
    Leur servent de couche sanglante.

Tous les vieillards sont morts. Lentement, froidement,
Les canons ont broyé leurs têtes écrasées.
Le ciel s'ouvre, lugubre. Un long gémissement
    Monte des cités embrasées.

Les villages déserts brûlent ; hameaux et bourgs
Palpitent aux baisers de l'incendie immense ;
Dans la boue et le sang roulent les canons lourds.
    C'est le triomphe qui commence !

Gloire à toi, Dieu de paix ! Gloire à toi, Dieu béni !
Les charniers sont muets, les plaines enflammées ;
Des sanglots déchirants montent vers l'infini.
    Nous te louons, Dieu des armées !

A CELLE QU'ON INSULTE

O ma France, on t'insulte, et mon cœur a saigné.

Ton vieil honneur flétri, ton drapeau dédaigné,
Tes enfants qu'on enchaîne à la corde allemande,
Tout cela, l'entends-tu, Mère, te fait plus grande.
Nous t'aimons mieux ainsi ! Les pleurs gonflent tes yeux :
Mère, ne pleure plus, Mère, nous t'aimons mieux !
Ah ! l'on peut en riant frapper ta main tendue, —
Ta gloire reste à toi, tu ne l'as point perdue !
Ceux qui devraient t'aimer, ceux que tu délivras
Bavent sur ta poitrine et' repoussent ton bras :

Laisse-les faire, et garde, en ta marche hautaine,
La grandeur du mépris, le dégoût de la haine.
Des esclaves grouillants te menacent du poing, —
Nous t'aimons mieux ainsi, Mère, ne pleure point !
Mère, nous sommes nés dans tes forêts de Gaule ;
C'est nous qu'on vit un jour, le fusil sur l'épaule,
Marcher à la frontière et mourir à Valmy,
C'est nous dont le vieux sang de colère a frémi,
Quand, la rage vivante au cœur, mais en silence,
Nous avons entendu les soufflets qu'on te lance !
Mère, ne pleure plus, — nous t'aimons mieux ainsi !

Ah ! l'on te croit tuée et réduite à merci ;
Ah ! l'on va partager tes provinces, pour mettre
A Paris un bourreau comme en Alsace un maître,
Le désespoir partout et partout la terreur ;
Ah ! l'on va bâillonner ta bouche, et l'Empereur,
Dans ces charniers sanglants, qu'il aime et qu'il révère,
Dira son Te Deum au martyr du Calvaire ;
Ah ! France, nous verrons, des hauts clochers en feu,

Trois peuples se salir pour la gloire de Dieu,

Et, parmi les sanglots de la foule qui prie,

Nos derniers régiments mourir pour la patrie ;

Ah ! ce sera la lutte effroyable, sans fin,

Nous aurons froid, nous aurons soif, nous aurons faim,

Nous irons sans chanter, nous irons sans maudire,

Et nos cœurs saigneront dans ton cœur de martyre ;

Ah ! nous nous presserons sous les crucifix blancs,

Et tu nous parleras, et, de nos doigts sanglants,

Par les chemins neigeux, au coin des bois farouches,

Nous irons déchirer nos dernières cartouches !

Soit. Nous resterons fiers, héroïques et fous.

Mère, ne pleure plus, — tu peux compter sur nous !

Nous t'aimons mieux ainsi, souffrante et délaissée ;

Nous saurons te guérir, ô grande âme blessée,

France de nos enfants, France de nos aïeux !

On nous dit abattus : — nous n'en mourrons que mieux.

Va ! nous ne parlons plus d'orgueilleuse revanche,

Mais qu'un obscur crachat souille ta robe blanche,

Qu'un soufflet douloureux brise ton cœur ardent,

Alors nous oublîrons Gravelotte et Sedan,
Nous oublîrons que Dieu t'a vaincue et réduite,
Nous prendrons nos fusils au mur, et, tout de suite,
Dédaignant un repos qu'il semblait trop chérir,
Ce grand peuple épuisé s'en ira pour mourir !

LE LIVRE INTIME

Quand je vous livre mon poème,
Mon cœur ne le reconnaît plus.
Le meilleur demeure en moi-même ;
Mes vrais vers ne seront pas lus.

(Sully Prudhomme).

CHANSON TRÈS-VIEILLE

A Auguste Dorchain.

Pour qui n'a pas de bien-aimée
La Nature est lèvre fermée,
Les grands bois sont silencieux,
Rien ne fleurit sur chaque haie,
Il n'est point de fontaine gaie
Ou bleuisse l'azur des cieux.

Pour qui n'a pas de bien-aimée
Les frissons de l'âme charmée
Sont lettre morte ou mot sanscrit,
Le ciel reste lourd et morose,
Et dans le cœur, ce livre rose,
Aucun nom caché n'est écrit.

Pour qui n'a pas de bien-aimée
La route humaine n'est semée
Ni de bluets ni d'églantiers,
Les fleurs n'ont plus de perles blanches,
Rien ne gazouille dans les branches,
Rien ne verdit dans les sentiers.

Mais, quand on a sa bien-aimée,
La vie entière est parfumée
Comme un long chemin sous les bois,
Fleurie est la route où l'on passe,
Et l'on se répète, à voix basse,
Tous les rêves bleus d'autrefois.

ORGUEIL DE VIVRE

A Mistral.

Je suis jeune. Le sang qui frémit sous ma chair,
Comme le sang des dieux, brûle et bat dans mes veines,
Je marche, le front haut, riant des larmes vaines,
Je chante, et tout m'est doux, je vis, et tout m'est cher.

J'aime. Je suis aimé. Qu'on me raille ou me plaigne,
Que m'importe, pourvu que mon âme ait frémi !
J'ai quelques envieux, je n'ai point d'ennemi,
Je suis jeune, et mon cœur est heureux quand il saigne.

Comme le gai jongleur, à l'œil humide et chaud,
J'adore le soleil, la folie et les roses ;
Si je rêve parfois, je fais des rêves roses,
Si parfois je m'endors, c'est pour monter plus haut.

Je marche, sans regret, sans dédain, sans envie,
Joyeux comme un éphèbe et fier comme un vainqueur.
Ma jeunesse me grise, et je sens dans mon cœur
Chanter éperdûment tout l'orgueil de la vie.

LACHETÈ

Je me croyais fort : on me l'avait dit !

J'avais tant lutté, j'avais tant maudit,

Que je m'en allais, toujours triste et grave ;

Mes ailes battaient l'infini serein ;

Moi, l'âme de marbre et le cœur d'airain,

Je me croyais grand, je me trouvais brave !

Je t'ai vue un soir, sous les blonds lilas,
Comme je passais, dédaigneux et las,
Jetant mon sarcasme à la bête humaine.
Ta voix m'a dompté, tes yeux m'ont surpris ;
J'ai baissé la tête, — et j'ai bien compris
Que l'homme s'agite et que Dieu le mène.

Le sceptique amer s'est fait ingénu ;
Aux rêves naïfs je suis revenu
Comme les oiseaux aux flèches natales ;
J'ai tout oublié, combats et rancœurs,
Mes dédains haineux, mes rires moqueurs,
Tout, jusqu'au frisson des luttes fatales.

Dans tes yeux rieurs j'ai noyé les miens ;
Mes rêves d'amour, ces bohémiens,
T'ont chanté tout bas d'exquises ballades ;
Depuis l'heure, chère, où tu m'as blessé,
Ayant tout trahi, j'ai tout délaissé,
Car l'oubli profond plaît aux cœurs malades.

Et je t'ai suivie en ce pays bleu
Où l'on croit au ciel, où l'on croit à Dieu,
Où les baisers frais font l'âme amollie.
J'ai tout méconnu, jusqu'à mon devoir ;
J'étais fou ! chacun me l'a laissé voir.
Bah ! je suis heureux de cette folie !

Heureux ! car ton front, baissé chastement,
Ta lèvre de pourpre au frisson charmant,
Tes cheveux noués en moëlleuses tresses,
Et tes yeux chéris, tes yeux tant aimés
Que ma main brûlante a souvent fermés,
Ont chassé bien loin toutes mes détresses.

Je sais que le jour viendra, — triste jour, —
Où nous dormirons, chère, à notre tour,
Dans le tombeau froid qui glace les moëlles.
Qu'importe, après tout ? Ivres d'infini,
Nous aurons vécu, nous aurons béni :
Nous nous aimerons au sein des étoiles !

DEUX CHANSONS

CHANSON TRISTE

Si j'en dois mourir, ne me plaignez pas :
J'aurai maintenant un but à ma vie.
Si mon cœur meurtri saigne sous ses pas,
Si j'en dois mourir, ne me plaignez pas,
Si j'en dois mourir, je veux qu'on m'envie.

Je l'avais rêvé, cet amour fervent,
Cet amour loyal, qui brûle sans trêve.
Le cherchant en vain, j'en pleurais souvent.

Je l'avais rêvé, cet amour fervent :
Qu'importe la mort ! j'ai vécu mon rêve !

Ne me plaignez pas si j'en dois mourir.
Ce mal, je le sais, prend toute la vie,
Le cœur desséché ne peut refleurir.
Ne me plaignez pas si j'en dois mourir,
Si j'en dois mourir, je veux qu'on m'envie.

***

GLAS D'AMOUR

Oui, l'amour est mort, l'amour est bien mort.
L'amour était né quand naissaient les roses,
Je l'ai vu mourir sous les cieux moroses.
Oui, l'amour est mort, l'amour est bien mort,
Et je vais, plus seul, en pleurant plus fort.

Oui, l'amour est mort, l'amour est bien mort.
Mon cœur s'entr'ouvrait comme les pervenches,
La rosée en pleurs riait sur les branches.
Oui, l'amour est mort, l'amour est bien mort,
Et mon cœur se ferme, et mon cœur s'endort.

Oui, l'amour est mort, l'amour est bien mort.
Parmi les langueurs du doux soir qui tombe,
Au pied des lilas, j'ai creusé sa tombe.
Oui, l'amour est mort, l'amour est bien mort,
Et je vais, plus seul, en pleurant plus fort.

A ELLE

J'avais fait un beau rêve, un rêve exquis et tendre.
Je voulais, dédaigneuse enfant,
Je voulais jusqu'au bout vous voir et vous entendre.
Votre froideur me le défend.

Mon amour était pur, loyal, presque timide.
C'était le pauvre oiseau meurtri
Qui se pose un instant sur une branche humide,
Mais s'effarouche au moindre cri.

Je vous avais donné ma tendresse suprême,
        Tristement, désespérément.
Ma mère le sait bien, vous le savez vous-même,
        Oui, j'ai souffert en vous aimant !

A présent, c'est fini. Je sens un vide immense
        Peser sur mon cœur ; le devoir
Déchire ma poitrine, — et la route commence
        Où je marcherai sans vous voir.

Mon pauvre rêve intime est chimère et risée.
        Triste, mais fort, je vais partir.
Je ne pleurerai point sur mon âme brisée :
        J'aurai la pudeur du martyr.

Je vivrai, dédaigneux des larmes inutiles,
        Toujours serein, parfois moqueur,
Et tu ne sauras point, ô toi qui me mutiles,
        Combien tu mutilas mon cœur !

Je souffre atrocement, mais la plaie est fermée.
Je te tends ma main sans émoi.
Oublie un pauvre fou qui t'a beaucoup aimée,
Et sois heureuse loin de moi !

Je m'en vais dans la lutte ardente, où tout s'apaise.
Là je cacherai ma pâleur,
Et si parfois, enfant, ton souvenir me pèse,
Le devoir tuera la douleur.

Je vivrai pour le bien, le droit et la justice ;
Quel que soit mon triste chemin,
A ceux qu'on persécute, à ceux qu'on rapetisse
J'essaîrai de tendre la main.

Je chercherai l'oubli dans la lutte enfiévrée.
Nul faux ami ne me plaindra,
Et les derniers sanglots de mon âme navrée,
Personne ne les entendra !

Mais, plus tard, quand mon cœur sera lassé de battre,
Quand j'aurai bien longtemps saigné,
Je songerai peut-être, assis au coin de l'âtre,
A mon vieil amour dédaigné ;

Tandis que des enfants, à la tête dorée,
Embrasseront mes cheveux gris,
Je verrai, triste et grave, une larme ignorée
Tomber sur mes doigts amaigris.

EN PARTANT

A présent, c'est tout : morte est ma chimère,
Et ce sacrifice est bien consommé.
Je pars, le cœur lourd et la lèvre amère
    D'avoir trop aimé.

Pleurerai-je ? Non. Mon orgueil résiste.
Je saurai, demain, lutter comme hier.
Je resterai doux, je resterai triste,
    Je resterai fier.

Seul, sans qu'on m'envie et sans qu'on me plaigne,
J'irai devant moi, sans pleurs et sans cris,
Et je croiserai, sur mon cœur qui saigne,
Mes deux bras meurtris.

L'AME ARDENTE

L'aigle a soif de voler, l'homme a soif de souffrir.

(Joséphin Soulary).

SURSUM

A Eugène Rambert.

Quand nos rêves éteints retombent en fumée,

Quand les espoirs déçus trompent nos cœurs lassés,

Quand, de toute une vie aimante et parfumée,

Il ne reste plus rien que les tourments passés ;

Quand la femme chérie a brisé nos chimères,

Quand la place est déserte où l'on venait s'asseoir,

Quand nous ne savons plus, comme nos vieilles mères,

Redire lentement la prière du soir ;

Quand nous avons perdu nos tendresses suprêmes,
 Quand le cœur est saignant, quand le mal est cruel,
Alors, désespérant de nous sauver nous-mêmes,
Jetons là notre orgueil, et regardons au ciel !

Nous pouvons, déchirés d'une angoisse futile,
 Nous abattre sans cause et blasphémer en vain,
Nous pouvons insulter l'amour qui nous mutile, —
Le ciel reste profond, secourable et divin.

Nous parlons de souffrance intime et solitaire,
D'éternelles douleurs qu'on ne peut réparer.
Taisons-nous ! nos sanglots vont plus haut que la terre :
A l'heure où nous pleurons, Dieu nous entend pleurer.

DEVANT UNE TOMBE

A Louis Carrière.

Dans la fosse béante on descend cette bière.
Et c'est tout. Quelques pleurs, une froide prière,
De lourds cailloux roulant au fond du trou maudit ;
Puis la foule s'en va, muette, — et tout est dit.

Demain, nous reprendrons notre route banale.
Cette folle douleur deviendra machinale :
Ce sera le réveil monotone et glacé.
L'oubli passe bientôt où la mort a passé.

Après le vide affreux, les sanglots et les râles,
Hélas! nous reprendrons, toujours fiers, mais plus pâles,
Le chemin désolé du devoir énervant.
Quand le soir tombera, nous pleurerons souvent,
Pleins de rage inutile et d'angoisse impuissante,
En voyant, près du feu, la place de l'absente.
Au foyer large et clair chauffant nos doigts roidis,
Nous nous rappellerons ce qu'elle aimait jadis,
Et parfois, le cœur lourd, à l'heure où la nuit tombe,
Nous irons tristement rêver près de sa tombe.
L'habitude cruelle assoupira nos cris ;
Nous vivrons, dépouillés de nos espoirs flétris,
Comme l'arbre palpite aux baisers de l'automne :
Ce sera le réveil banal et monotone.
Les nuits suivront les nuits, les jours suivront les jours,
Et toujours bleuiront les bleuets, et toujours
Sourira froidement l'impassible Nature !

Amis, quand le destin nous brise et nous torture,
Soyons forts, c'est la loi, soyons grands, il le faut !

Si tout meurt à nos pieds, levons les yeux là-haut.

Sentons le ciel s'ouvrir sur nos têtes baissées,

Et que tout l'infini descende en nos pensées.

Gardons l'âpre fierté des fous et des martyrs ;

Sans cris avilissants ni lâches repentirs,

Que ce monde mesquin nous plaigne ou nous envie,

Faisons notre devoir, et vivons notre vie !

Un jour, sous les cyprès et sous les liserons,

Après l'heure sanglante, amis, nous trouverons

La nuit où tout s'éteint, le calme où tout retombe

Et la paix de l'oubli dans la paix de la tombe.

NÉVROSE

A Eugène Godin

En ce siècle triste et moqueur,
Ce qui nous épuise et nous navre,
C'est de disséquer notre cœur,
Scalpel en main, comme un cadavre.

Les livres que nous avons lus
Nous ont fait l'âme sèche et nue :
Hélas ! nous n'avons même plus
De belle souffrance ingénue !

Nous étions heureux en naissant,
Dieu nous fit des jeunesses brèves.
La fleur sur qui l'hiver descend
N'est pas mieux morte que nos rêves.

L'art, en nous, a tué l'amour,
La tête, en nous, a dompté l'âme.
Nos désespoirs durent un jour, —
L'œil qui surveille éteint la flamme.

Rien ne nous fait plus tressaillir,
Aucun espoir ne nous enivre,
Et nous nous mourons, sans vieillir,
Du mal de nous regarder vivre.

DEMANDES VAINES

A Edmond Sautereau

L'enfant rêvait dans son nid rose,
Aussi parfumé qu'une rose,
Aussi gazouilleur qu'un oiseau.
J'ai dit au berceau de dentelle :
« Cette âme blanche, d'où vient-elle ? »
— « Je ne sais, » m'a dit le berceau.

Un vieillard dormait sous sa pierre.
En murmurant une prière,
Triste et douloureux, je passais.
J'ai dit à la tombe voilée :
« Cette âme, où s'en est-elle allée? »
La tombe m'a dit : « Je ne sais. »

SUR LA FALAISE

A Albert Savine

J'ai vu la mer âpre et sauvage,

L'infini morne aux cris troublants,

J'ai gravi les rochers tremblants

Et les falaises du rivage ;

L'âme en proie aux lourdes rancœurs,

Les cheveux flottants à la brise,

J'ai fui cette fièvre qui brise,

Enerve ou dessèche nos cœurs ;

J'ai salué la mer sans bornes
Dont les plaintes m'ont enivré,
Je me suis senti délivré
De mes langueurs froides et mornes ;

Je l'ai vu, ce gouffre maudit,
Où sombrent vaisseaux et mouettes...
— Mais la mer, qui parle aux poètes,
La grande mer ne m'a rien dit !

Car il faut à l'âme qui pense
Un rêve cher, trois fois béni,
Et, même au seuil de l'infini,
Rien ici-bas ne l'en dispense ;

Car, sans amour, ce ciel béant
Epouvante l'âme amollie,
Sa majesté n'est que folie,
Son infini n'est que néant !

A UN EXILÉ

Tu pars. L'âpre destin te traîne sur sa claie.
Voici les jours d'angoisse, après les jours mauvais.
Tu pars, gardant au cœur une éternelle plaie,
Loin de l'âtre paisible où jadis tu vivais.

L'injustice te frappe et le crime t'écrase.
Tu t'en vas, comme un sombre et dédaigneux proscrit,
Tu t'en vas froidement, sans prière et sans phrase.
Tu fais bien. Soumets-toi, puisque c'était écrit.

Quitte ta maison blanche où la gaîté ruisselle,

Tes enfants, blonds lutins dont le rire est si cher,

Ton père aux cheveux blancs, qui va mourir, et celle

Dont le cœur est ton cœur, dont la chair est ta chair.

Quitte-les. Dans l'azur des plaines éternelles,

Après les jours sanglants, tu les retrouveras.

Pars, sans tourner ton front ni mouiller tes prunelles,

Et ne te souviens plus qu'ils te tendent les bras !

Fuis le ciel parfumé de ta terre natale,

Ses champs pleins de soleil, ses bois mélodieux ;

Plus grand et plus hautain que la douleur brutale,

Porte tout avec toi, ta patrie et tes dieux.

Va, paria sublime, où le malheur t'envoie.

Souffre, c'était écrit, mais sois homme, il le faut,

Et marche lentement ta douloureuse voie

Les pieds dans la poussière et les regards en haut !

A CORNEILLE

O grand homme sublime, ô mon maître robuste,
Marbre trois fois vivant, qui domines du buste
Nos petits intérêts et nos orgueils mesquins,
O toi qui luttes seul contre le flot qui monte,
En marquant du fer rouge et le crime et la honte,
        Et les Cinnas et les Tarquins ;

Puisque tu dors, perdu dans la paix éternelle,
Puisque la grande nuit te cache sous son aile,
Puisque tu ne vois plus les fanges d'ici-bas,
Puisque, dans le néant du tombeau solitaire,
Tu n'entends plus les cris qui montent de la terre,
Dors toujours, ô poète, et ne t'éveille pas !

Oh ! ne t'éveille plus à notre pauvre vie !

Loin des râles tremblants de la plèbe asservie,

Dors, et que le tombeau lugubre te soit doux !

Dors ! tu peux bien dormir, car ton œuvre est vivante,

Tu nous fais frissonner d'amour et d'épouvante

     Et nous t'admirons à genoux !

Tu naquis au grand siècle où le fer des épées

Ecrivait dans le sang d'ardentes épopées,

Où la lutte farouche étreignait tous les fronts.

Tu luttas comme lui, tu vécus de sa vie,

Tu souffris le dédain, l'injustice et l'envie,

Mais tu ne connus pas les maux que nous souffrons !

Tu ne le connus pas, ce doute plein de haine,

Dont éternellement notre pauvre âme humaine

Subit l'angoisse folle et les folles terreurs.

Hanté par l'idéal, l'œil fixé sur les cimes,

Tu vécus au milieu de tes héros sublimes,

     Des martyrs et des empereurs.

Toi qui dors, étonné de ta gloire hautaine,
Près des hommes de Sparte et des hommes d'Athène,
Près de ces vieux Romains dont tu grandis le nom,
Maître, tu n'as point vu, dans ta pauvre patrie,
Les dieux prostitués, la liberté flétrie,
Et le droit éternel broyé sous un canon ;

Tu n'as point vu le crime écrasant la justice,
Tarquin qu'on ennoblit, Brutus qu'on rapetisse,
La foi qui se parjure et l'honneur qui se vend ;
Tu n'as point vu saigner les dieux qu'on crucifie,
Tu n'as point vu périr ta race, — et je t'envie,
    O mort plus heureux qu'un vivant !

Plein de nobles élans, de révoltes hardies,
Sombre, tu crayonnas tes grandes tragédies.
Les ilotes tremblants, les tyrans assassins,
Le crime et la vertu, Cinna, Brutus, Chimène,
Tu peignis tout, ô maître, — et la pauvre âme humaine
Palpite dans tes vers comme au fond de nos seins.

Puis tu mourus. Ton front d'exilé solitaire
S'inclina lentement. Tu mourus, et la terre
Eut d'étranges frissons en touchant ton cercueil.
Tu fermas tes yeux lourds dans la tombe muette ;
O maître, tu mourus, tu mourus, ô poète,
      Fatigué de lutte et d'orgueil.

Et tu dors, à présent, loin de la foule sombre,
Loin du néant farouche où tout meurt, ou tout sombre,
Loin de tes dieux trahis qu'on menace du poing.
Peut-être est-il bien lourd, ton sépulcre de pierre,
Peut-être le sommeil lasse-t-il ta paupière :
Eh bien, si tu m'en crois, ne te réveille point !

Dors éternellement ! En nos siècles de boue,
Où tout s'achète, où tout se paie, ou tout se joue,
Où l'amour n'est qu'un mot, où l'honneur est à prix,
Sentant l'ennui des cieux descendre en ta pensée,
Maître, tu rougirais de ta race abaissée
      Qui n'a plus même de mépris.

NATURE

Mais la nature st la, qui t'invite et qui t'aime.

(Lamartine)

VERS LE PASSÉ

A mon ami Victor Billaud

J'ai parfois le regret des tendresses intimes.

Hélas ! nous qui luttons, orgueilleuses victimes
De l'angoisse implacable et des mornes combats,
Nous, athlètes blessés, qui passons ici-bas
Avec le vide au cœur et le sarcasme aux lèvres,
Nous qui ne connaissons que luttes et que fièvres,
Nous gardons, nous aussi, tout au fond de nos seins,
Dans ce temple mystique où dorment nos dieux saints,
Le souvenir ému des croyances banales.

Oh ! vivre en paix, bien loin des tristes bacchanales,
Des Judas qu'on encense et des dieux qu'on honnit,
Vivre en paix, vivre heureux et calme, dans son nid
Plein de recoins aimés, de grâce familière,
Dans sa vieille maison lézardée, où le lierre
Glisse amoureusement le long de chaque mur,
Dans sa maison joyeuse et chérie, où l'azur
Rit d'un rire éternel à travers la fenêtre ;
Couler sa vie aimante où Dieu vous a fait naître ;
Captif sans amertume, adorer sa prison :
Etre simple, être doux ; n'avoir pour horizon
Qu'une colline fraîche où folâtre la brise ;
Loin des combats ardents dont l'angoisse nous brise,
Vieillir, humble et naïf, en faisant son devoir, —
Oui, c'est là le bonheur que j'ai rêvé d'avoir !
Oh ! la vie idyllique, aimante et parfumée,
Les toits moussus, d'où monte un filet de fumée,
Le vieux clocher, la rue où sautent les gamins,
La place avec ses bancs vermoulus, les chemins
Ensoleillés et clairs qui flânent dans les combes,

Le cimetière en fleurs dont on connaît les tombes,
Le ruisseau familier, l'église, le canal,
Tout ce bonheur naïf, adorable et banal !
Oh ! la vieille maison, qu'on aime et qu'on vénère,
Le jardin calme et doux, le noyer centenaire,
La vigne qui s'enroule autour des espaliers ;
Plus loin, les bois profonds, les sentes, les halliers,
Le bûcheron qui chante un refrain monotone ;
Les parfums du printemps, les rougeurs de l'automne;
L'ami que l'on reçoit près de l'âtre joyeux,
Et que, le lendemain, des larmes dans les yeux,
Par les sentiers fleuris et clairs, l'on accompagne ;
Oh ! la petite ville, et presque la campagne,
La chambre aimée, où glisse un rayon de soleil,
La douceur de l'oubli, le calme du sommeil,
C'est là ce qu'il nous faut, à nous, âmes froissées !

J'ai parfois le regret des tendresses passées.

SOUS BOIS

A André Theuriet

Il est, au fond des bois, au fond des bois bénis,
Une source bleue et charmante.
Elle coule, au bruit clair de la chanson des nids,
En caressant des fleurs de menthe.

Les bouleaux noirs et gris y baignent leurs pieds lourds ;
Le soleil sourit dans ses perles ;
Elle rôde, effleurant les gazons de velours,
Au chant des feuilles et des merles.

Les tout petits oiseaux, bouvreuils, chardonnerets,
Blanche fauvette à tête noire,
Hirondelle des toits et caille des guérets
Dès l'aube fraîche y viennent boire.

La nuit tombée, après le soleil qui s'éteint
Et les douceurs crépusculaires,
Dans la source rieuse, au murmure argentin,
Blanchissent les étoiles claires.

Nous y vînmes un soir, en la chaude saison
Où la sève gonfle les branches,
Où les grands bois mouillés chantent leur oraison,
Où l'Avril bleuit les pervenches.

Son front touchant mon front, sa main serrant ma main,
Nous suivions les fraîches ravines,
Oubliant tout, et l'homme, et le néant humain,
Tout, jusqu'aux cruautés divines!

Un murmure perlé, qui nous fit tressaillir,
    Frissonna dans la forêt chaude.
C'était la source aimée. On la voyait jaillir
    Avec des pâleurs d'émeraude.

Pleine de reflets bleus, très-vagues et très-doux,
    Pleine de langueurs attiédies,
Elle riait gaîment, sur son lit de cailloux,
    Sous les frondaisons reverdies.

Nous nous assîmes là, près des flots de cristal.
    C'était au temps des chaudes fièvres,
Et les âpres parfums du cher pays natal
    Gonflaient nos cœurs, ouvraient nos lèvres.

Je ne me souviens plus des fadaises d'amour
    Que, tout tremblants, nous avons dites.
Nous étions si naïfs, las! et, depuis ce jour,
    J'ai connu tant d'heures maudites!

Mais je songe parfois au doux ruisseau flâneur,
A la fraîche source ingénue
Qui vit mon premier trouble et mon premier bonheur
Et ne s'en est point souvenue.

Source aux rires perlés, qui fuis en caressant
L'humide azur des fleurs de menthe,
Je t'ai laissé mon cœur, je t'ai laissé mon sang,
Je t'ai laissé ma vie aimante !

LARMES DES CHOSES

A Théodore Maurer

Jadis, au temps heureux où chantait l'âge d'or,
Tout, la source qui rêve et la moisson qui dort,
　　La fraîcheur des bois et des roses,
Tout, de la grande mer à la grande forêt,
Tout palpitait d'amour, tout vivait, tout pleurait !
　　Il était des larmes aux choses !

Mais aujourd'hui, les cieux sont vides et moqueurs,
Le silence des bois, glacé comme nos cœurs,
　　N'a plus ni tristesse ni charmes,
Les monts neigeux sont lourds d'un éternel ennui,
Et le poète songe, en passant dans la nuit,
　　Que les choses n'ont plus de larmes.

LES BLÉS

A Théodore de Banville

Le soleil empourprait les coteaux et les bois.
Tout aimait, tout riait. C'était l'été. Parfois
Montait dans le ciel pâle un filet de fumée.
Je m'en allais, suivant la route parfumée
Qui serpente et se perd au milieu des bois sourds,
Et toujours disparaît, et reparaît toujours.
J'étais seul, j'étais las. Au penchant des collines
Jouaient les vents légers et les brises câlines ;
Tout palpitait d'amour : J'étais seul, j'étais las,
J'allais, la tête basse, en maudissant, hélas !
L'éternelle rancœur dont mon âme était pleine.

Soudain je m'arrêtai. Devant moi, dans la plaine,
Sous 'horizon perlé, près des bois de velours,
Les blés majestueux et tremblants, les blés lourds,
Les blés ensoleillés, pleins de vagues naissantes,
Frissonnaient lentement aux brises caressantes.
La lumière embrasait l'infini pâle et clair.
J'étais là, regardant. Tout palpitait ; dans l'air
Montait l'hymne berceur des oiseaux et des chênes ;
Et les blondes moissons, et les moissons prochaines
Rougissaient aux baisers du grand soleil en sang.
La nature dormait, dans son calme puissant,
Au milieu des parfums de la plaine dorée ;
Et, comme au vent du soir frissonne la marée,
Qui heurte en gémissant les roches de granit,
Ainsi les grands blés mûrs, les blés que Dieu bénit,
Les blés qui sont ta gloire, ô Terre maternelle,
Majestueusement, dans leur houle éternelle,
Frissonnaient et tremblaient sous la gloire du jour.

Je restais là, timide et ravi tour-à-tour,
Devant l'horizon clair plein de lumière fauve.

Alors l'amour qui calme, alors la foi qui sauve
Ont rempli de nouveau ce cœur désenchanté ;
J'ai relevé mon front pensif, — et j'ai chanté.

***

Tu n'es pas morte encore, éternelle Nature !
Nous souffrons, nous tombons : tu n'entends pas nos cris.
L'impitoyable mort hante ta créature :
Toi tu chantes toujours, et toujours tu souris !

Nous pouvons, écrasés par la détresse amère,
Affolés par l'orgueil, te menacer du poing,
Nous pouvons t'insulter et te maudire, ô Mère :
Nous sommes trop petits, — tu ne nous punis point !

Que nous vivions ou non, que les tombes ouvertes
Prennent ou non ces corps qu'on leur dispute en vain,
Sous les bois ténébreux, dans les frondaisons vertes,
Tu murmures toujours ton murmure divin.

Nous passons, torturés par l'angoisse et la haine,
Menaçant le ciel vide, insultant les autels :
Toi, tu laisses gémir la pauvre boue humaine,
Saigner les cœurs saignants, et mourir les mortels !

Nous tombons, fatigués de honte et d'esclavage,
Flétris par la douleur, brisés par le devoir ;
Mais toi tu vis toujours, ô Nature sauvage,
Et c'est ton sein puissant qui va nous recevoir !

Tu vis toujours ! Le temps fait son œuvre maudite ;
Tout meurt, tout disparaît, les humains et les dieux,
Tout, Jupiter sauveur et Vénus Aphrodite,
Les prophètes bénis, les bourreaux odieux ;

Zeus chasse le Destin, Rome remplace Athènes ;
Les titans écrasés, les peuples asservis,
Homére et Phidias, Socrate et Démosthène,
Tout descend au tombeau ; — toi, Nature, tu vis !

Et tu vivras toujours, ô robuste Cybèle !
Toujours tu braveras nos impuissants défis,
Tu chanteras toujours, tu seras toujours belle,
Et tu verras mourir le dernier de nos fils !

Toujours les fleuves lents féconderont les plaines,
Toujours sur les sommets blanchiront les sommets,
Et cette grande voix dont les choses sont pleines
Murmurera toujours sans s'arrêter jamais !

Toujours au fond du bois roulera ton cantique,
Toujours les monts neigeux se perdront dans la nuit ;
Des pampres sur le front, comme la nymphe antique,
Tu dormiras toujours en ton sublime ennui !

Eh bien ! je te salue, ô Mère froide et tendre :
Si tu ne souffres pas des maux dont nous souffrons,
Du moins, sans le savoir, sans même nous entendre,
Tu parfumes nos cœurs, tu rafraîchis nos fronts.

Lorsque nous sommes las des batailles cyniques,
Lorsque le ciel fermé nous écrase, fuyant
Les lugubres charniers et les plèbes iniques,
Nous trouvons dans ton sein le calme du néant.

Dans les vallons rêveurs, au profond des ravines,
Près de la source claire et des frênes tremblants,
Nos cœurs battent de joie à tes chansons divines,
Nos cœurs s'ouvrent d'amour à tes parfums troublants.

Tu nous prends dans tes bras, ô Nature éternelle,
Tu nous prends dans tes bras sous les grands bois épais ;
Douce, tu nous endors, — et ta voix maternelle
Verse au fond de nos seins la fraîcheur et la paix.

Tu nous fais saluer les dieux que nous brisâmes,
Tu nous dis d'être forts, tu nous dis de bénir,
Tu baises nos fronts lourds, et tu mets dans nos âmes
L'espoir mystérieux des printemps à venir.

L'AME PENSIVE

Heureux si nous trouvons, sur cette pauvre terre,
L'obscure majesté de la pensée austère,
Le calme de la foi, la grandeur de l'oubli
Et la sérénité du devoir accompli.

(C.F.)

A UN DÉSESPÉRÉ

Tu m'as dit, pauvre âme incomprise :
« La vie est dure au cœur aimant.
« On me dédaigne, on me méprise.
« Ah ! souffrir éternellement !

« Homme, s'exiler loin des hommes ;
« Lutter en vain, pâlir en vain ;
« Sur ce peu de boue où nous sommes
« Traîner son idéal divin ;

« Perdre lentement, ô misère !

« Son amour, sa candeur, sa foi,

« Subir la chute nécessaire,

« Ah ! c'est trop douloureux pour moi !

« Mieux vaut, loin de la populace,

« Mourir sans plaintes ni clameurs.

« Mon cœur est froid, mon âme est lasse :

« Ami, voilà pourquoi je meurs. »

Je sais ta torture, o poète !

Tu souffres : j'ai souffert aussi.

Dans ma pauvre vie inquiète,

Le sort m'a brisé sans merci.

Et pourtant, je lutte et je chante

Sans m'arrêter ni défaillir ;

Un rayon de soleil m'enchante,

Une voix me fait tressaillir.

Car j'ai compris, ô solitaire,

Que, pour vaincre le sort, il faut

Garder cette devise austère :

« En haut les cœurs ! les cœurs en haut ! »

J'ai compris que nous devons suivre

L'exemple qu'un dieu nous porta,

Et que, pour mériter de vivre,

Il faut gravir un Golgotha.

PUISQUE TU M'AS TRAHI

Puisque tu m'as trahi, mais que tes doigts de fée
Ont guéri ce vieux cœur qu'ils venaient de briser,
Enfant, laisse dormir ma douleur étouffée,
Et serre-moi la main, sans aveu ni baiser.

Puisque tu m'as trahi, mais puisque ta voix claire,
Puisque tes yeux troublants ont eu tant de douceur
Qu'ils ont fermé ma lèvre et bercé ma colère,
Ne sois plus ma maîtresse, enfant, — deviens ma sœur.

Puisque tu m'as trahi, laissons ce triste livre !
Oh ! ne fais plus d'aveu, ne fais plus de serment,
Mais, lorsque je suis las de penser et de vivre,
Embrasse-moi le front silencieusement.

PRIMAVERA

A Emmanuel des Essarts

Le Printemps est venu. La Nature éveillée,

Comme un éphèbe blond, sourit aux heureux jours.

Les plaines ont repris leur robe ensoleillée

Et les oiseaux du ciel ont repris leurs amours.

Les grands bois frissonnants palpitent de tendresse,

L'arbre, qu'on croyait mort, verdit et se redresse,

Dans les buissons neigeux on voit s'ouvrir les nids,

Et la Nature est belle, elle chante, elle prie,

Ainsi qu'un voyageur qui revoit la patrie

Après ses maux soufferts et ses tourments finis.

Les amoureux s'en vont, sous la feuillée ouverte

Où le lierre et la mousse étalent leurs manteaux.
Que de rayons tremblants dorent la plaine verte,
Que de baisers du ciel argentent les coteaux !
L'on boit à pleins poumons mille parfums sauvages ;
L'homme ne songe plus aux anciens esclavages, —
Pour la lutte à venir il cuirasse son cœur.
Le Printemps est venu. Tout vit dans la Nature,
De la montagne immense à l'humble créature,
Jusqu'aux enfantelets qui gazouillent en chœur.
Pourtant, — hier, hélas ! — la neige sur nos plaines
Jetait son lourd tapis, lentement, tristement ;
D'un sombre désespoir les choses étaient pleines
Et les cœurs étaient pleins d'un morne abattement.
Le sourire d'Avril a réchauffé la terre :
A présent, nos grands bois, où rêve le mystère,
Palpitent de bonheur sous les baisers du ciel ;
Les roses vont s'ouvrir, les bleuets vont renaître,
Et notre cœur vieilli, qui se mourait peut-être,
Frissonne tendrement aux chansons d'Ariel.
La Nature rieuse, et belle en sa folie,

Bacchante toujours vierge, au sein toujours puissant,

Après sa solitude et sa mélancolie,

Boit l'air à pleins poumons, boit le lait et le sang!

Elle ne songe plus aux luttes de la veille :

Comme l'enfant joyeux, qu'un long baiser réveille,

Elle oublie au matin ses souffrances d'hier ;

Elle, la grande muse et la grande sirène,

Sous un berceau de fleurs elle marche, sereine,

Et sa lèvre est plus douce, et son œil est plus fier.

*
* *

Ainsi quand l'âme humaine, humble et tendre vestale,

A veillé bien longtemps auprès du feu divin,

Quand elle a tant souffert de la lutte fatale

Qu'elle ne pleure plus ou qu'elle pleure en vain ;

Quand nous avons douté, comme Christ au Calvaire,

Quand nous avons gémi, quand, sous un ciel sévère,

Devant un horizon qui s'enfuit loin de nous,

Mornes et froids, sentant notre cœur trop avide,

Nous avons élevé nos deux mains dans le vide ;

Quand les dalles d'un cloître ont usé nos genoux;

Quand nous avons souffert des maux ineffaçables,

Quand pour nous la tendresse a perdu ses parfums,

Quand notre cœur qui saigne a laissé sur les sables

Le triste souvenir de nos amours défunts ;

Quand nous nous sentons vieux, que les premières rides

Nous font pâlir d'effroi, quand des luttes arides

Nous ont pris notre sang, nous ont pris notre chair,

Alors, oh ! nous songeons avec mélancolie

Que la foi, la foi sainte, est néant et folie,

Ou que, si c'est un bien, nous le payons trop cher !

Le désespoir saisit nos âmes ; ce ciel morne

A pour nous des secrets qui ne nous hantent plus,

Et les rêves fiévreux de l'infini sans borne

Ne sont bientôt pour nous que rêves superflus.

Nous avons tant souffert, que la souffrance même

Nous devient, à nos yeux, une excuse suprême :

Si nous sommes petits, un Dieu nous a faits tels.

Ce Dieu, nous l'adorions ! il a brisé nos rêves, —

Et c'est pourquoi, debout sur le sable des grèves,

Nous menaçons du poing les grands cieux immortels !

Mais qu'un rayon d'espoir perce la brume sombre,

Qu'un reflet lumineux sillonne l'infini,

Et les marins, perdus sur le vaisseau qui sombre,

Élèvent leur prière au ciel large et béni.

Vienne une joie intime, une chaste tendresse,

Et le cœur se roidit, et le front se redresse,

Et le vieil arbre mort sent la sève surgir ;

Après le désespoir qui rabaissait nos tailles,

Nous nous traînons, plus fiers, aux futures batailles,

Et nous voulons combattre, et nous voulons agir.

Un grand besoin d'amour nous hante, nous enfièvre ;

Nous nous croyons meilleurs, en nous sentant plus forts.

Du soleil dans les yeux, le sourire à la lèvre,

Nous faisons pour le bien d'héroïques efforts.

Nous reprenons le luth, nous reprenons la lyre ;

Comme les Chaldéens, nous essayons de lire

Dans ce morne infini, livre toujours fermé.

Il ne nous parle pas : — Eh! qu'importe! nos âmes

Ont des frissons nouveaux, ont de nouvelles flammes,

Et nous aimons encore, après avoir aimé!

Nous égarons nos yeux dans le vide, où s'élance

Le pauvre cœur humain, cet aigle audacieux,

Et, la nuit, quand tout dort, la nuit, dans le silence,

Nous élevons nos bras vers la blancheur des cieux.

Nous avons retrouvé notre force première,

Nous vivons, à présent, de rêve et de lumière,

Nul amour ici-bas ne nous peut apaiser,

L'espoir chante gaîment dans notre âme ravie.

Et qu'a-t-il donc fallu pour nous rendre la vie ?

Un rayon de soleil, une larme, un baiser.

DEUIL

Au poète A. Bigot

L'enfant est mort. La mère, auprès du berceau vide,

Sanglotte sourdement, et le père, livide,

Reste là, les yeux secs, car il n'a plus de pleurs.

Avril vient de renaître, et, sur les prés en fleurs,

Sur les halliers profonds où s'ouvrent les pervenches,

Un soleil printanier jette ses nappes blanches.

L'enfant est mort. Des nids chantent sous les buissons,

Les bois mystérieux sont remplis de frissons,

Les coteaux de baisers, les taillis de murmures !

Tout vit. L'enfant est mort. A l'ombre des ramures,

Les oiselets du ciel ont repris leurs amours :
Dans son petit berceau, l'enfant dort pour toujours.
Demain, quand le soleil aura frappé les branches,
Pour lui faire son lit on cloûra quatre planches;
Ses yeux seront fermés, ses beaux yeux ingénus,
Le froid du lourd cercueil glacera ses pieds nus,
La lèvre qu'il aimait baisera ses paupières, —
Puis tout sera fini. Quand les premières pierres
Auront fait un bruit sourd en frappant le bois blanc,
Il sera mort, bien mort; et son père, tremblant,
Blême, regagnera la maison froide et grise ;
Et sa mère sans voix, que la tristesse brise,
Pleurera pour toujours le cher petit enfant !
Les autres l'oublîront.

     Mon Dieu, le cœur se fend,
Quand ceux qui nous charmaient, notre douce lumière,
Ceux dont nous adorions la gaîté coutumière,
Ces petits séraphins, ces anges ingénus
Partent pour le pays dont ils étaient venus.
Nous les caressions tant! Ils aimaient tant leur père !

Pourquoi donc les reprendre! Ah ! cela désespère,
Seigneur, lorsque ta voix nous dit : « Rends-moi ton fils. »
Ah ! nous nous traînerions au pied du crucifix,
Nous te donnerions tout, notre cœur et notre âme,
Pour du moins échapper à cet acte du drame !
Mais non, tu ne veux pas. Tu les prends. Ils s'en vont.
Et puis nous sommes seuls, et le vide est profond
Que laissent après eux tous ces chers petits anges ;
Et si nous blasphémons, pris de doutes étranges,
O Maître, tu nous dis : « Il vous reste la foi.
« Vous aimiez ces enfants. Ils sont morts. Aimez-moi.
« L'amour humain sans Dieu n'est que l'ombre d'un rêve !
« C'est la douleur qui sauve, et c'est Moi qui relève. »

Seigneur, nous ne pouvons, car nous sommes de chair ;
Nous aimons à jamais ce qui nous était cher !
Puisque, malgré nos pleurs, tu ne peux nous les rendre,
Pourquoi les as-tu pris, ô Maître, sans nous prendre ?

LES EXILS

A Alfred des Essarts

Après le départ du doux être aimé,
Quand l'âme au ciel d'or s'en est revenue,
Les yeux sont sans pleurs, le cœur est fermé,
La rue est déserte et la maison nue.

On songe, à genoux près de l'âtre froid,
Qu'elle fut bien bonne, hélas ! et bien tendre,
Et souvent, la nuit, glacé par l'effroi,
On étend les mains, car on croit l'entendre.

La semaine meurt, et les mois s'en vont.
Toujours l'être aimé meurtrit la pensée.
Le cœur est saignant, le mal est profond ;
Plus on fouille loin, plus l'âme est blessée.

On regarde au ciel : le ciel est brumeux.
D'autres vont chantant, dans le bruit des fêtes :
Comme eux l'on peut vivre, et chanter comme eux,
Mais tout est fini, — vendanges sont faites.

Ah ! les longs exils que nul ne rêva !
Ah ! le cœur qui saigne et l'âme brisée !
Tout meurt lentement, tout fuit, tout s'en va ;
Les dieux sont cruels, l'espoir est risée !

Rien, jusqu'aux grands vers qu'on a lus jadis,
Rien ne vous émeut, rien ne vous étonne.
Las ! on ne croit plus aux clairs paradis :
Le ciel est muet, lourd et monotone.

On marche, — et les jours sont lents à finir.
Le devoir étroit devient habitude.
On n'a qu'un bonheur, c'est le souvenir,
On n'a qu'une paix, c'est la solitude.

Puis, quelque soir chaud, plein de pourpre et d'or,
Lorsqu'il sent la nuit fermer sa paupière,
Les deux bras en croix, le blessé s'endort.
Il a bien gagné sa fosse et sa bière.

A UN POÈTE DE COMBAT

A Edouard da Silva

La lutte ardente est douce à nos cœurs enfiévrés.

Quand les faibles maudits, quand les martyrs navres,
Tous ceux qu'on prostitue et tous ceux qu'on opprime
Tendent leur cou tremblant sous la hache du crime,
Quand nous voyons saigner les parias humains,
 Alors nous voudrions, ami, prendre en nos mains
Le baume qui parfume et le fouet qui lacère,
Relever le bon droit, soulager la misère,
Puis marquer froidement d'un stigmate éternel
Et la plèbe vendue et le roi criminel.

Nous sentons dans nos cœurs rugir les bonnes haines ;

C'est un sang généreux qui brûle dans nos veines,

Et nous rêvons parfois, pleins d'orgueil impuissant,

Le râles et les cris du forum frémissant !

Quand les ilotes vils tressaillent d'épouvante,

Nous voulons couronner notre idole vivante,

La Liberté robuste, au cœur farouche et bon ;

Nous voulons relever le pauvre vagabond,

Délivrer le martyr et souffleter le lâche ;

Athlètes éternels, nous voulons sans relâche

Combattre pour le droit, lutter pour la vertu,

Poser nos pieds sanglants sur le crime abattu,

Et saluer un jour, en sa majesté nue,

L'immortelle Justice à la fin revenue !

Ami, ce rêve cher est trop hautain pour nous.

Restons calmes et purs, restons simples et doux,

Sans triomphes bruyants ni révoltes altières.

Gardons nos cœurs entiers et nos âmes entières.

Luttons dans le silence, et souffrons dans la nuit.

Faisons notre devoir, sans dégoût, sans ennui,

Parce qu'il faut le faire, et que Dieu le commande.

Puisque nous comprenons que notre cause est grande,

Restons tout simplement des défenseurs du bien ;

Travaillons, travaillons, — mais qu'on n'en sache rien !

Heureux si nous trouvons, sur cette pauvre terre,

L'obscure majesté de la pensée austère,

Le calme de la foi, la grandeur de l'oubli

Et la sérénité du devoir accompli.

SUR LES CIMES

A Auguste Fourès

J'ai vu, dans leur tristesse immense et solennelle,
Sous le grand ciel profond, tout déchiré d'éclairs,
J'ai vu les glaciers lourds, pleins d'horreur éternelle.
La blancheur de la neige a brûlé ma prunelle,
L'infini de l'abîme a lassé mes yeux clairs.

J'ai vu, sur les sommets, vierges de notre honte,
S'étendre en frémissant le manteau de la nuit;
J'ai vu, dans cette brume, où l'aigle plane et monte,
Des rocs noirs, trop nombreux pour qu'œil humain les compte,
Etaler tristement leur éternel ennui.

Seul, devant l'infini qui nous brise et nous tue,
Entre le ciel sauvage et l'abîme béant,
Muet comme un rocher, froid comme une statue,
Versant des flots d'oubli dans mon âme abattue,
J'ai goûté le repos farouche du néant.

Depuis, j'ai dans mon cœur l'immense nostalgie
Des pics mornes et froids, fiers et silencieux,
Et, quand ma tête est lourde, au sortir d'une orgie,
Quand monte le sarcasme à ma lèvre rougie,
Je rêve aux monts déserts qui sont si près des cieux!

PRINTEMPS INUTILE

A Alfred des Essarts

Le Printemps reverdit les branches,
La source rit, l'oiseau renaît,
Tout aime, et voici des pervenches
Qui bleuissent dans le genêt.

Arbres futurs, moissons prochaines
Palpitent sous un soleil d'or ;
La sève enivre tous les chênes,
Tous, — excepté celui qui dort!

Il est là, gémissant peut-être,
Couché sur l'herbe d'un talus,
Et le printemps a beau renaître,
Ce mort ne le bénira plus.

Ainsi, parfois, l'âme épuisée,
Alors que tout lui dit d'aimer,
Voit sa solitude, et, brisée,
Ne peut plus même blasphémer ;

Toute vie est bien morte en elle,
Dans l'oubli froid elle descend,
Et déjà sa plaie éternelle
N'a plus une goutte de sang.

DEUX SONNETS

LES TRAHISONS

A Francis Melvil

On s'aimait. Au milieu des parfums de la combe,

On allait lentement, la main serrant la main,

Tandis que le soleil riait sur le chemin

Et qu'aux baisers d'avril roucoulait la colombe.

L'un meurt. L'autre survit. Debout près de la tombe,

Il fouille éperdûment la nuit sans lendemain,

Et souvent, — ô torture! ô pauvre cœur humain! —

Il y revient gémir, à l'heure où le soir tombe.

Les jours passent. Le temps, la lutte, le devoir
Ont bientôt assoupi ce morne désespoir.
Ils ferment lentement la blessure sanglante.

Si bien qu'un jour, parjure et lâche sans remord,
Ce cœur triste et froissé, ce cœur qu'on croyait mort,
Aux caresses d'une autre ouvre sa fleur tremblante.

***

LUTTE

A Frédéric Bataille

Ah ! j'aurais été bon, j'aurais eu du génie,
Si j'étais né plus tôt dans des siècles meilleurs ;
Relevant les petits, dédaignant les railleurs,
Je m'en serais allé sur ma route bénie.

Mais qu'importe, après tout ? Honte à qui te renie,
Lutte désespérée, ô loi des travailleurs !
Nous tombons ici-bas, nous revivrons ailleurs, —
Est-il sous le grand ciel un homme qui le nie ?

Ah ! que je puisse dire, en entrant au tombeau :
J'ai vécu pour le vrai, j'ai vécu pour le beau,
J'ai fait un peu de bien aux martyrs de ma race.

Ni haine ni dégoût ne m'ont jamais vaincu.
J'ai marché, j'ai rêvé, j'ai prié, j'ai vécu.
A présent, c'est la fin. Que Dieu me prenne en grâce !

NE PARLE PAS

A Fernand Gasc

Ne parle pas de ton bonheur.

Ainsi qu'un doux oiseau flâneur,

Le bonheur vient, gazouille et passe.

Ne parle pas de ton bonheur,

N'en parle pas, même à voix basse.

Ne parle pas de ta douleur.

Ainsi que l'oiseau roucouleur,

Parfois un murmure l'effraie.

Ne parle pas de ta douleur, —

Qu'elle reste profonde et vraie.

Ne parle pas de ton amour.

Cet oiseau ne chante qu'un jour,

Il se cache, et sa vie est brève.

Ne parle pas de ton amour,

Garde la pudeur de ton rêve.

MYSTÈRE

A Édouard d'Aubram

Il est, dans nos vers les plus doux,
    Une amertume triste.
Nul ne le sait, pas même nous,
    Et pourtant elle existe.

Que je sois pensif ou moqueur,
    Que je rie ou me plaigne,
Il est toujours, là, dans mon cœur,
    Quelque chose qui saigne.

Je ne sais comment ni pourquoi,
    J'en ignore la cause,
Mais toujours il se meurt en moi,
    Il se meurt quelque chose.

Vieux souvenir, amour défunt,
    Voix tremblante et sonore,
Douleur ancienne, ancien parfum,
    Qu'est-ce donc ? je l'ignore.

Je ne sais pourquoi ni comment
    J'ai peur de ce mystère,—
Mais toujours, eternellement,
    Quand je vais solitaire,

Toujours, ainsi qu'un œil aimé
    Vous regarde à toute heure,
Je sens, là, dans ce cœur fermé,
    Quelque chose qui pleure.

LES ÉTOILES

A François Coppée

L'*Angelus* sonne et tremble au clocher du vieux bourg.

Les travailleurs, pensifs, reviennent du labour

    Avec leurs bœufs et leurs charrues.

Voici l'heure où l'on rêve aux choses de jadis,

Où l'on entend monter, des guérêts reverdis,

    L'écho des douceurs disparues.

Le soleil s'est couché, dans des éclats de sang.
Du ciel plein de fraîcheurs une brume descend
      Qui baigne combes et vallées.
Mille larmes de lait perlent au firmament.
Voici qu'à l'horizon, lentement, tristement,
      Montent les étoiles voilées.

Etoiles, fleurs d'argent du manteau de la nuit,
Qui remplissez d'amour nos cœurs et nos prunelles,
Etoiles, pourquoi donc, rêveuses   éternelles,
Votre pâleur glacée et vos frissons d'ennui ?

Vous passez lentement, dans l'azur de ces plaines
Où respirent les dieux qu'on invoque à genoux :
Vous ne connaissez point, plus heureuses que nous,
Les sanglots déchirants dont nos âmes sont pleines !

Etoiles, larmes d'or, voyageuses du ciel,
Vous qui rêvez en paix, si blanches et si hautes,
Vous ne connaissez point nos doutes et nos fautes,
Et l'âme épouvantée, et l'infini cruel !

Dites-nous, dites-nous, étoiles secourables :
Qu'est-il après les flots du morne firmament ?
Parlez ! notre raison cherche éternellement,
Et nous ne trouvons point, pauvres cœurs misérables !

Parlez ! est-il un ciel? Parlez ! est-il un Dieu ?
La foi, la vieille foi n'est-elle que risée ?
Percerons-nous un jour, notre tombe brisée,
Les larges infinis de l'immense ciel bleu ?

Faut-il croire? Faut-il, le front sur une pierre,
Adorer en tremblant un créateur divin ?
Si je pleure, est-ce en vain? si je prie, est-ce en vain?
Parlez ! le néant seul entend-il ma prière ?

Vous ne répondez point, ô douloureuses sœurs :
Quand le destin sanglant nous brise sur ses claies,
Tristes, vous nous jetez, comme un baume à nos plaies,
Votre pâleur humide et vos froides douceurs.

N'importe! je vous aime, étoiles toujours mornes
Qui promenez toujours votre éternel ennui,
Je vous aime, ô fleurs d'or du jardin de la nuit,
Qui rêvez tristement dans l'infini sans bornes !

Le soir ou je naquis, en la chère saison
Où s'ouvrent au soleil les cœurs et les pervenches,
Tandis qu'on me couchait sous les dentelles blanches,
Vous m'avez murmuré ma première oraison.

Plus tard, quand je fuyais loin de la vieille ferme,
Quand, après les rougeurs des longs soleils couchants,
Les cheveux dénoués, je rôdais par les champs,
Sur un bâton de saule appuyant mon bras ferme,

Par dessus les grands bois, par dessus les blés lourds,
Au milieu du parfum sauvage des bruyères,
Je vous voyais monter, toujours graves et fières,
Larmes de diamant dans la nuit de velours.

Je vous aime! mon cœur, plein de tendresses vagues,
Trouve dans vos baisers l'oubli de ses sanglots ;
Je suis comme un nageur, ballotté par les flots,
Mais qui vous voit blanchir sur la crête des vagues.

Lorsque j'étais enfant, vous m'avez caressé,
Vos mystiques pâleurs m'ont fait rêveur et tendre.
Je veux, quand je mourrai, vous voir et vous entendre,
Pour rafraîchir enfin mon pauvre cœur blessé.

Ce sera par un soir plein de vagues murmures.
Les rougeurs du soleil alanguiront mes yeux ;
L'*Angelus* tremblera ; le chant des nids joyeux
Se mêlera dans l'ombre au chant des moissons mûres.

Autour de moi, mes fils, sanglottant et priant,
Mettront de chauds baisers sur mes tempes glacées.
Mais moi, grave, perdu dans les douceurs passées,
Je vous regarderai blanchir à l'Orient.

Tandis que le sommeil glacera mes prunelles
Et qu'une douce voix me parlera de Dieu,
Tendrement, tristement, vous me direz adieu,
Mystérieuses fleurs des plaines éternelles ;

Et moi, les yeux perdus dans votre nimbe d'or,
Buvant l'air frais du soir par la fenêtre ouverte,
Au milieu des parfums de la frondaison verte,
Je mourrai lentement, comme un enfant s'endort.

LE VOYAGEUR

A Jean Rameau

Le voyageur est las. Sur le désert immense,

Ce lourd soleil de plomb jette un manteau sanglant.

Un horizon s'efface, un autre recommence :

Il se traîne, il a soif, et son front est tremblant.

 L'infini, devant lui, l'infini rouge et morne

Brûle. Des oiseaux noirs planent sinistrement.

Une plainte sauvage, un long gémissement

Monte, et va s'assoupir dans le désert sans borne.

Des troupes   de corbeaux tachent le grand ciel roux ;

 Ils savent que, demain, cet homme au front si pâle

Tombera près de ceux qui dorment dans leurs trous,
Qu'ils mangeront sa chair et qu'ils boiront son râle !
Et lui, morne, perdu comme un petit enfant
Au fond de cette plaine où sera son cadavre,
Refoulant dans son cœur un rêve qui le navre,
Il implore le ciel, — mais rien ne le défend.

Rien ! ce grand ciel sinistre a des profondeurs blêmes,
De lourds horizons bleus, des murailles de fer,
Mais il ne répond pas à nos derniers blasphèmes,
Et nous laisse mourir, quand nous avons souffert !

Alors le voyageur, dont vaine est la prière,
Sent que tout est perdu : devant ces sables d'or,
Au milieu des rougeurs de l'infini qui dort,
Il détourne les yeux, et regarde en arrière.

Il revoit tout, l'enfance, et l'amour, et la paix,
Tout, depuis le berceau qui vit ses songes roses,
Jusqu'aux grands bois rêveurs, jusqu'aux taillis épais,
Où tous deux, elle et lui, venaient cueillir des roses ;
Il revoit tout, sa mère, au front triste et baissé,
Et l'aïeul, mort peut-être, et puis, près d'un vieux père,

Celle que son exil accable et desespère, —
Il revoit tout, hélas ! et son cœur est blessé.
Un suprême hoquet, de sa bouche épuisée
S'échappe. Il jette un cri. Personne ! C'est la fin.
Et ce martyr sanglant, dont la vie est brisée,
Meurt. Puis tout est fini : les corbeaux n'ont plus faim.

*
* *

Homme, ainsi tu t'en vas sur le chemin du monde,
Dans ce désert sinistre où Dieu t'a dit : « Va-t-en ! »
Tu te traînes ainsi, sans voir ce qui t'attend,
Entre le doute amer et la débauche immonde.
Ce n'est point le soleil qui te brûle et te mord ;
Tes pieds ne heurtent pas contre de viles pierres ;
Si tu trembles d'effroi, c'est que demain la mort
Doit sécher ton cadavre et ronger tes paupières !
Si tu lèves les yeux vers l'horizon moqueur,
C'est que tu dois souffrir des maux inguérissables ;
Comme le voyageur ensanglante les sables,
Tu dois ensanglanter le désert de ton cœur !

Tu dois laisser partout des débris de ton être,

Tu dois ouvrir ton sein palpitant au vautour,

Tu dois mourir cent fois, cent fois tu dois renaître

Avant que l'heure sonne et que ce soit ton tour !

Tu dois, puisqu'il le faut, boire jusqu'à la lie

Cette liqueur amère au parfum douloureux ;

D'un idéal céleste éternel amoureux,

Tu ne dois voir jamais que laideur et folie !

Tu dois mourir enfin, mais sans avoir vécu ;

Tu dois, dans un hoquet de détresse dernière,

Le maudire, ce Dieu que tu n'as pas vaincu,

Et rejeter à lui ton âme prisonnière !

C'est là tout ton destin. C'est pour de tels combats,

Pour des doutes pareils et de pareils blasphèmes,

Que tu fus enfanté, sous les cieux froids et blêmes,

Et que tu vins, pauvre âme, échouer ici-bas.

Ne te plains plus ! la règle est là pour tous les hommes :

Jusqu'au hoquet fatal, jusqu'aux sanglots derniers,

Nous aimons, nous souffrons ; et puis dans les charniers

On met notre dépouille, — et c'est ce que nous sommes.

* * *

Le combat de la vie est rude au cœur humain !

Ecoute ! il faut se mettre une forte cuirasse :

Si l'on ne veut mourir, couché sur le chemin,

Il faut être plus grand que ne l'est notre race.

Il faut frémir d'horreur en coudoyant le mal,

Il faut aimer, mon frère, et haïr plus encore.

Le bien élève l'âme et le beau la décore :

Que le bien soit ton but, le beau ton idéal !

Vis de grandes amours, vis de nobles pensées ;

Va, féconde ton âme et ranime ton cœur ;

Garde en ton sein puissant tes tendresses blessées,

Passe, la tête haute, et tu seras vainqueur !

Ne désespère pas de ce que la souffrance

Aura beaucoup meurtri ton pauvre cœur humain :

Elle ne brise pas, elle élève, — et, demain,

La mort, douce aux martyrs, sera ta délivrance.

La mort le baisera, ce front triste et rêveur ;

Toi dont l'orgueil faiblit, toi dont la force tombe,

Tu te rajeuniras dans le néant sauveur,

Dans le repos du ciel ou la paix de la tombe.

Et ce sera la fin. Quand on aura béni

Cette bière de chêne où sera ton cadavre,

Tu ne connaîtras plus la détresse qui navre :

Ton âme, cet oiseau, regagnera son nid !

Son nid, il est là-haut, par dessus les nuages.

C'est là que tu vivras, dans le calme éternel.

Après tous tes sanglots, après tous tes voyages,

Tu pourras y pleurer sur un sein paternel.

Ou du moins, si ce dieu qu'évoquent nos prières

N'est plus qu'une utopie, un songe, un vain propos,

Tu te reposeras de l'éternel repos

Avec les morts blanchis qui dorment sous leurs pierres.

FIN.

TABLE

L'ACADÉMIE DES MUSES SANTONES
imprime chaque année
le meilleur des ouvrages de Poésie qui lui sont présentés.

***

OUVRAGES COURONNÉS PRÉCÉDEMMENT :

LES RIMES NOCTURNES, par FRANCIS MELVIL   3 fr.
CHANTS DE BELLUAIRE, par EUGÈNE GODIN.   3 fr.
POÈMES D'AUTREFOIS, par JULES D'AURIAC   3 fr·

ON SE PROCURE CES OUVRAGES
aux bureaux de l'Académie des Muses Santones
à Royan (Ch[te]-Inf[re]).

Achevé d'imprimer

EN JUIN MIL HUIT CENT QUATRE-VINGT-QUATRE

PAR VICTOR BILLAUD

A Royan.

L'ACADÉMIE DES MUSES SANTONES

imprime chaque année

le meilleur des ouvrages de Poésie qui lui sont présentés.

*
* *

OUVRAGES COURONNÉS PRÉCÉDEMMENT :

LES RIMES NOCTURNES, par Francis Melvil   3 fr.

CHANTS DE BELLUAIRE, par Eugène Godin.   3 fr.

POÈMES D'AUTREFOIS, par Jules d'Auriac   3 fr.

ON SE PROCURE CES OUVRAGES

aux bureaux de l'Académie des Muses Santones
à Royan (Ch^te^-Inf^re^).